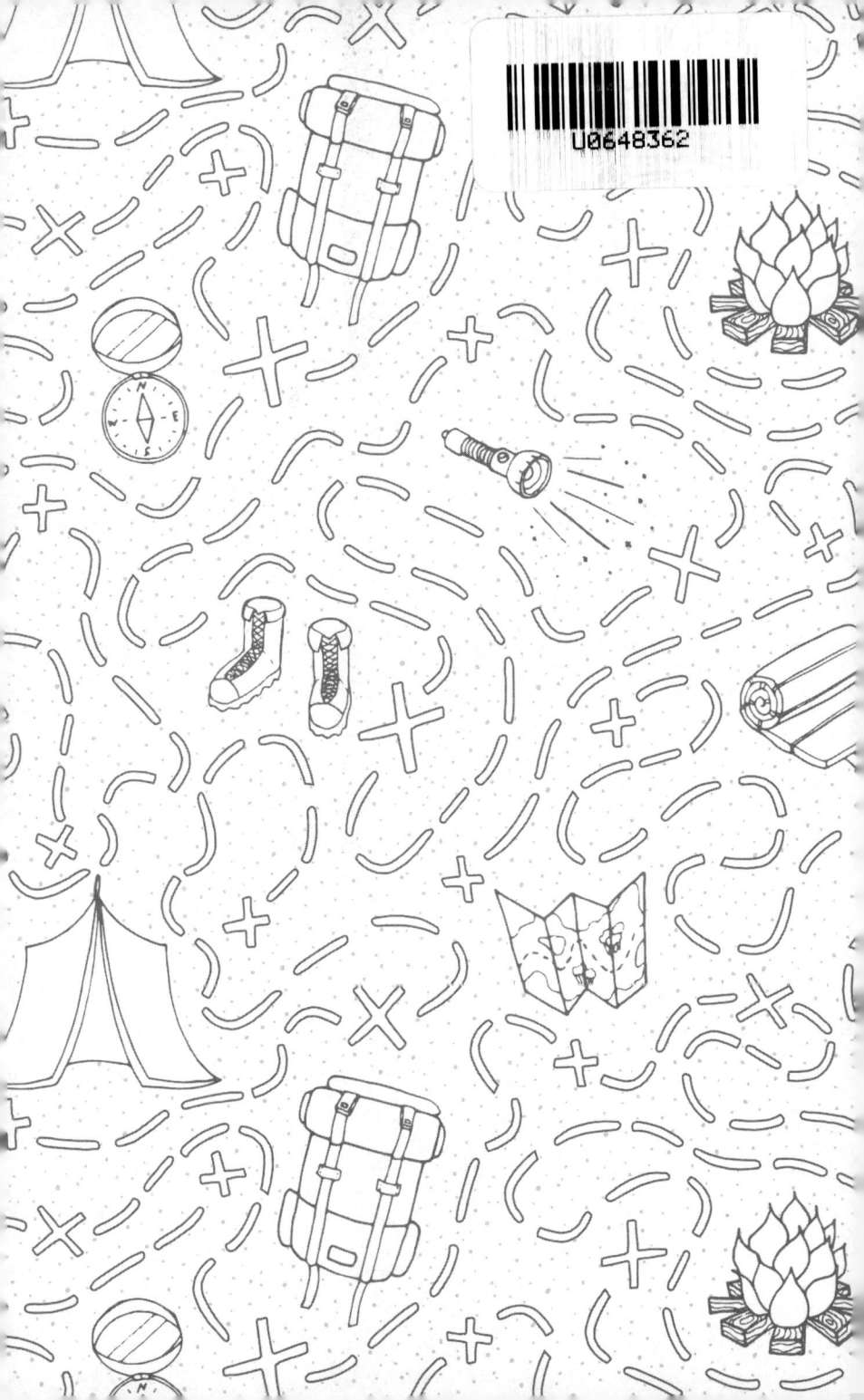

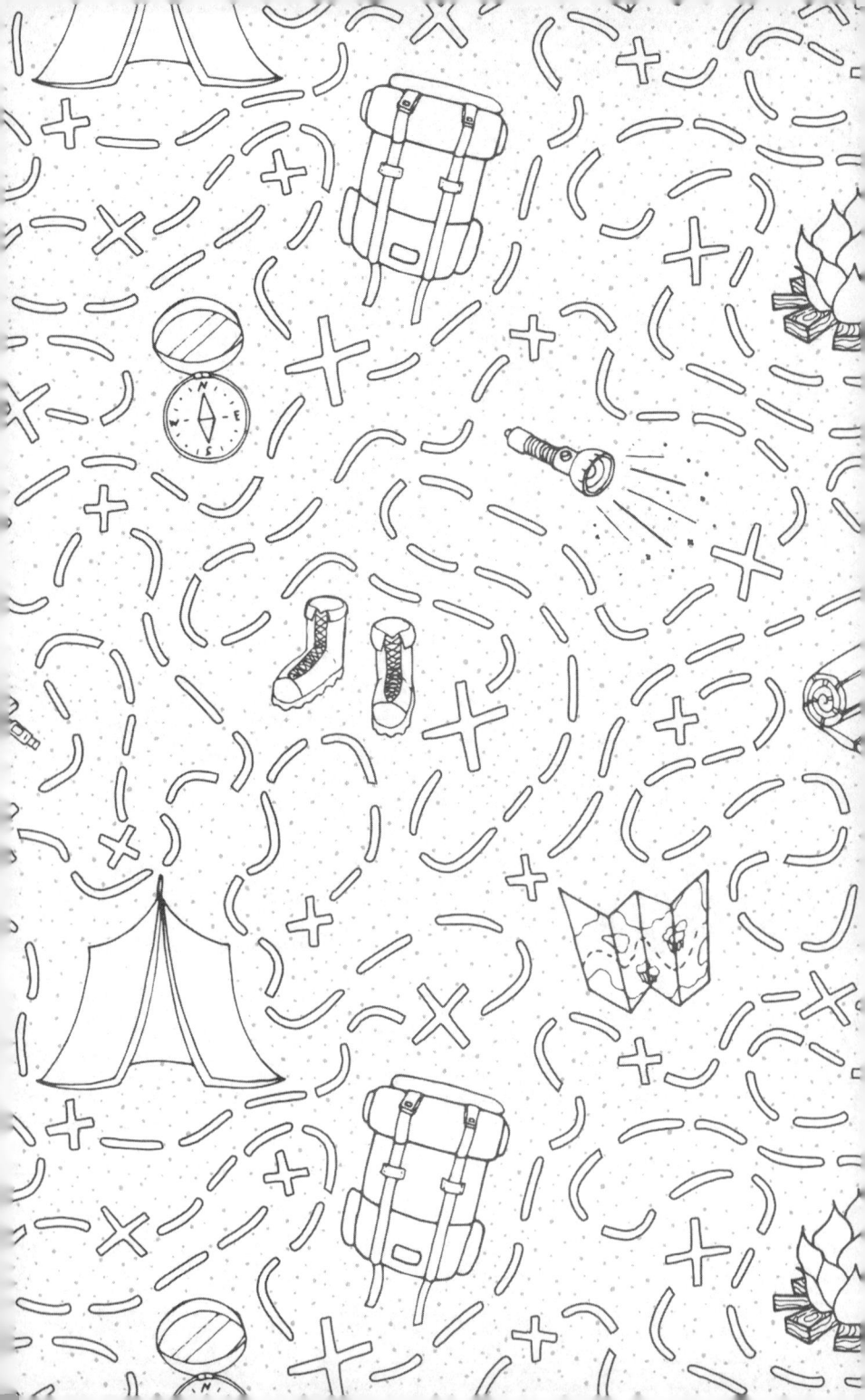

SURVIVOR DIARIES

AVALANCHE!

DIARIES

绝地求生

夺命雪崩

[加] 特里·约翰逊 著　王旸 译

湖南文艺出版社
HUNAN LITERATURE AND ART PUBLISHING HOUSE

小博集
BOOKY KIDS

献给迈克，
他拥有雪崩般的创造力和魅力。

目 录

1

第一章

"告诉我，你是怎么从雪崩中活下来的？"

"告诉我，你是怎么从雪崩中活下来的?"记者问道。他把手机放在了我们中间的餐桌上，然后按下了"录音"键，同时把笔平稳地放在了笔记本上，用期待的眼神凝视着我。他闻起来就像草坪、墨水和夏日花园中的西红柿的混合体。

我不假思索地四周望了一圈，却没有看到我哥哥。

"你确定不想也和瑞安谈谈吗?"我爸爸一边问记者，一边为他倒了一杯咖啡，"他往往能够观察到一些细节。"

"稍后或许吧。"记者对我笑了一下，门牙旁边有一颗牙有点儿歪，露了出来。"我想先听听阿什利怎么说。"

"雪崩还不是整件事中最糟糕的部分，"我开始说，"但我永远都不会忘记雪崩发出的巨响。这

绝地求生　夺命雪崩

一切发生得多么快呀！前一秒我们还在滑雪，下一秒我们就被突如其来的力量掀倒了，滚下山来。雪崩席卷了我们所有人，而我根本无法阻挡自己的下滑，我甚至无法呼吸。到处都是雪，空气中弥漫着令人窒息的白色暴风雪，我什么也看不到……"

"等一下，"记者暂停了录音，"我刚刚跟你的父母说过，阿什利。我在写一个系列报道，都是关于像你一样的勇敢的孩子是如何在野外活下来的，我的读者希望知道每一个细节，包括你是怎么想的，怎么做的，这样他们才能知道如果遭遇同样的事情该怎么做。你能不能讲讲自己当时在哪里，以及一切是怎么发生的？试着告诉我你所记得的每一个细节。"

记者没有看爸爸，也没有看其他任何人，他只是看着我。

我突然因为要和其他勇敢的孩子一起被报道而感到有些焦虑。我从来都只是阿什利·希尔德而已，12岁，了不起的瑞安·希尔德的孪生妹妹。和他相比，我以前从来没有什么特别的。

记者又按下了"录音"键，说："告诉我你的故事。"

我靠在椅子上，试图想起当天所有的细节。"一切都要从狼獾说起。"

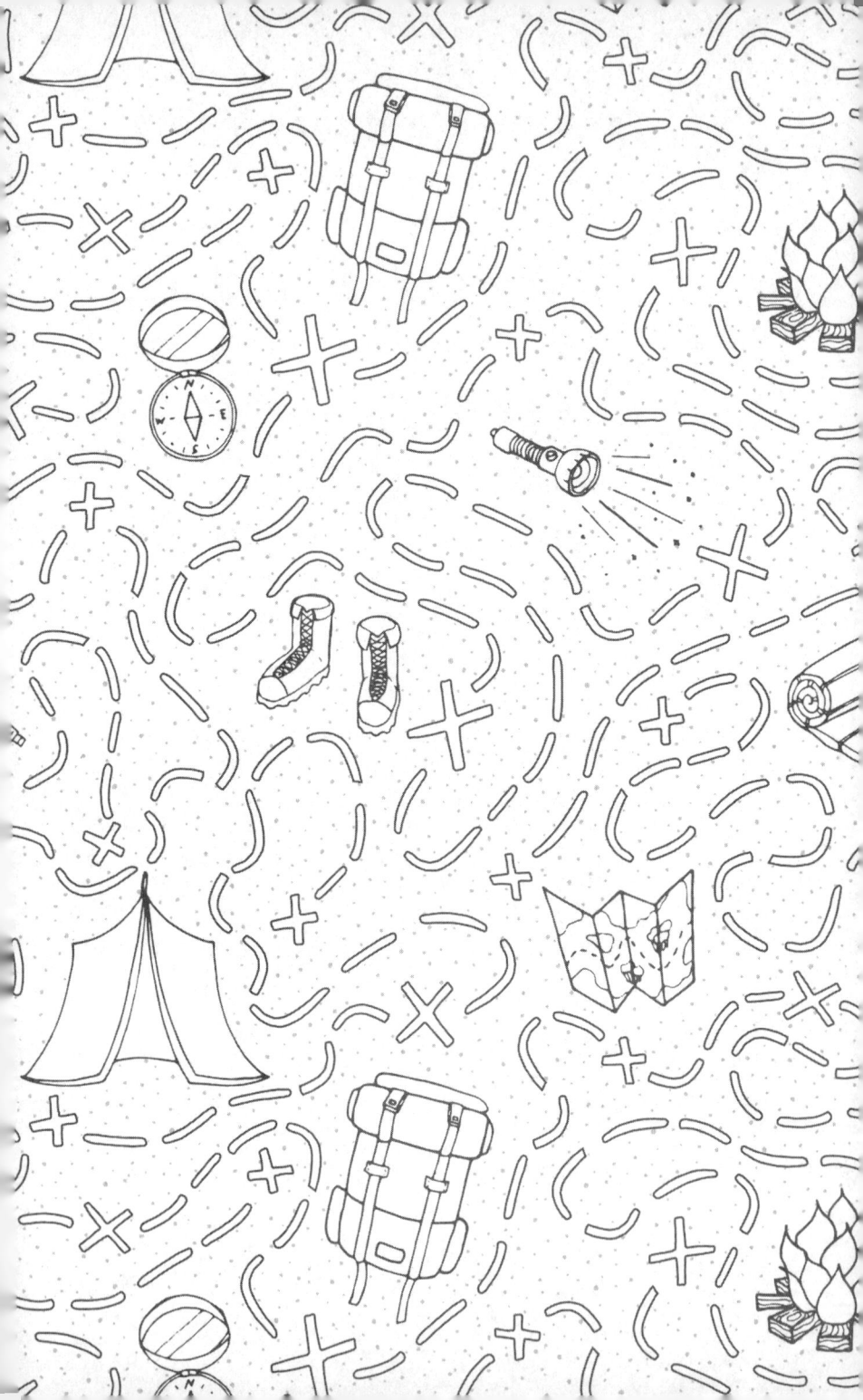

第二章

狼獾

两个月前。

"尽量跟上哥哥，阿什利。"爸爸说。

这是我一生中最常听到的一句话。

"如果你想变得更快并成为队中最强的一员，你就必须突破自己的极限。"爸爸继续说道。

我脚下的滑雪板发出的声音盖住了爸爸的声音，但我一丝不差地理解了他的意思。

我希望变得和瑞安一样强。我希望爸爸也能以我为荣，就像对瑞安那样。

我们住的那间木屋的向导把我们带到了登山口，这座山是怀俄明州著名的滑雪圣地，白雪皑皑的山峰仿佛一把把白色尖刀在我们周围拔地而起。我们居住的佛蒙特州也有不少山，但它们完全无法和这里相比。

三月末是滑雪的绝佳时节。前一天刚刚落下的白雪纯洁无瑕，而我们将是最先登上雪山的人，这正是我在滑雪中最喜欢的地方。向导告诉我们，林木线下方即使发生雪崩也不会太过危险——如果危险系数最高是五星的话，那么林木线下方大概是两星。在更高的地方，危险系数可能会有三星——那已经相当危险了，而今天在妈妈的要求下我们不会到那么高的地方去。和家里的其他成员相比，她的滑雪技巧没有那么熟练。

在停下来吃午餐的间隙，我们看了一下早上木屋发给我们的宣传页。宣传页的地图上标出了山上可能遭遇狼獾的地点。有一个团队正在就人类的娱乐活动对狼獾造成的影响进行研究，他们在科尔特峰放置了一个粘板以获取狼獾的毛发。

"这里有一段话，出自道格拉斯·查德威克的《狼獾之道》。"瑞安念起了宣传页上的一段话，"如果说狼獾有策略，那么它们的策略是这样的：从陡峭的高坡上全力往下冲刺，决不退缩，即使对手是世界上最大的熊，抑或是最高的山峰。"为了增加戏剧效果，瑞安还把自己的手做成爪子的形状。"它们攀爬万物：树木、悬崖、槽沟、绝顶，吃掉所有的东西：活的、死的、死去很久的，麋鹿、老鼠、狐狸、青蛙，不论是它们依然温暖的心脏，还是已经冰冻的骨头。不论狼獾做什么，它们都无所畏惧。它们以绝无仅有的勇气和冲劲面对生活中的一切挑战。"

"什么都吃那一段可真够恶心的。"我一边说一边向瑞安丢了一个雪球。

"想象一下，如果我们见到一只活的狼獾，那会是什么样子。"瑞安道。他的眉毛高高抬起，每次他因为新的想法而兴奋时就是这副表情，而他总是新想法不断。

午餐后，我们继续向山下的帐篷走去，那是一个温暖的圆顶帐篷，妈妈说她想在那里"适当地休息一下"。瑞安一如既往地走在最前面，我在他后面，爸爸则跟在我后面，然后是妈妈，她正努力地想要跟上爸爸的速度。我们沿着雪松和云杉之间的滑雪道一路滑雪前进。

在瑞安开始加速后，我先是看了一眼身后的爸爸妈妈，然后也加速跟了上去。

"你们可以先走一步，"爸爸对我们喊道，"我和你妈妈走在后面，我们在帐篷见。"

瑞安的包里装满了他每次滑雪时都会准备好的装备，背包随着他的前进不断上下起伏。我知道他想去哪里。

"你到底来不来？"瑞安转头问道，"我们稍微快一点儿，就可以挤出一些时间过去瞧瞧。"

"等一下，"我说，"我们甚至都不知道它在哪里。"

瑞安停了下来，拿出了他在午餐时塞进自己口袋里的地图。他指向了科尔特峰，说："不，我们知道，那里离这里不远。而且，你最喜欢去滑雪道外面探险了，对吧？"

我经常跟瑞安说，滑雪道外的世界比滑雪道精彩多了，那才是每次旅行最让我兴奋的地方。

瑞安把地图塞回了口袋，并从背包中拿出头盔戴在头上。"我知道你想在那里滑雪，那样才能接触到最天然的白雪。"他对我微微一笑。

我可以透过树林看到科尔特峰。

"你追不上我的。"瑞安一边说，一边开始横向用力，让自己略微倾斜，开始向下加速。

"嘿！"我也冲了上去。

在到达下一个岩石之前，我们之间的竞争一度十分激烈，但一切都是徒劳。我从未击败过他。

作为双胞胎的其中一员是件十分痛苦的事情，所有人都会拿你们二人做比较。虽然瑞安是哥哥，我是妹妹，但我们看起来依然很像，同样深色的头发、深色的眼睛、尖尖的下巴，以及左颊上的酒窝。我们有着同样的爱好，甚至加入了同一个滑雪队，而很多人甚至会当着我们的面说，瑞安在一切事情上都比我更加出色。

当我来到一段不太平坦的路上时，我的背包突然撞上了我的后背。我停了下来，从保暖的内胆包里拿出我的不锈钢水杯，水杯里几乎已经没水了。怀俄明州第二高峰、冰封的大提顿峰出现在了远方，而科尔特峰则在我们右侧不远处。我呼了一口气，然后把手套缠在了滑雪杆上。

在我们来到滑雪道的分岔口后，瑞安又拿出了地图，并再次指了指科尔特峰。

"你看，我是对的。从这里向左走，就是爸妈要去的圆顶帐篷，而狼獾的粘板在科尔特峰上。让我们看看能不能在那里见到真正的狼獾吧！"

我抓着帽子，扭头看了一眼，问："你确定我们有足够的时间吗？"

又开始下雪了，我们的滑雪板上多了一层雪。当我抬头望向山峰时，我可以感觉到雪花在我火热的脸庞上慢慢融化。我来到瑞安身旁，指着地图的某处。

"我们顺着右边的路走，一直走到这里。"我一边指着我们之间的地图一边说，"然后，从这里跨过山脊就能去到科尔特峰……我们应该等等爸爸妈妈。"

原地等待数分钟后，我们两个都开始有些冷

了，感觉身上的汗水已经结成了冰。我也拿出了自己的头盔戴上，然后把头盔的带子在下颌位置系好。我和瑞安相互看了一眼，然后不约而同地同时向右侧全力加速，身体逐渐暖和起来。这一次，瑞安还是在我前面。

"快!"他催道，"如果你能跟上我，我们可以在爸爸妈妈来到之前从山上下来。即使我们来不及赶回来，看到我们留下的轨迹，他们也应该知道我们去了哪里。不用担心，我的小妹妹。"

对出生顺序来说，六分钟的差距似乎至关重要。瑞安总是一再提醒我，我们两个人之中是谁率先来到了这个世界。

加快速度后，我们冲向了一个上坡，并成功绕过了一个刚刚足够我们的滑雪板通过的急转弯。山上空气清新。离开滑雪道不久，我不禁回头望了一眼，当我看到从未有人涉足的白雪上留下了我们的轨迹时，不禁笑了起来。我觉得我们的方向是正确的，应该能够很快滑到山上，之后再从山上滑下来的感觉一定棒极了。

周围唯一的声音就是我们的滑雪板和雪地摩擦发出的唰唰声，以及我因为运动而变得急促的呼吸声。随着上坡路越来越陡，我们停下来，拿出了马海毛止滑带，将其贴在滑雪板的底部，以防自己向下滑落。

然后，我尝试着滑了几下，让自己适应这种全新的感觉。我的滑雪板在雪地上划出了一条直线，就像高速公路上的标线一样。在我望向前方时，发现前方的雪地上有着某种痕迹，跟我的滑雪板留下的轨迹截然不同。

"瑞安！快看！"

在我们面前的，是巨大的椭圆形足印，和木屋宣传页上的一模一样。这些足迹几乎和我的鞋子一样大。"这是狼獾的足迹吗？它们好大呀！"我说。

"狼獾应该只有差不多 35 磅[①]重吧。"瑞安一边小声答道，一边扫了一眼四周，"但我曾经读到过，它们的爪子和 120 磅重的狼一样大，这样它们才能在雪地上行走。"

我可以清楚地看到爪子留下的痕迹。"这些痕迹应该是刚刚留下的。"我一边抬头看向天空中飘落的雪花一边说，"这些痕迹还没有被雪覆盖呢。"

足迹一直向前延伸，指向一片被雪覆盖的针叶林。

"我们去那边的树林看看。"瑞安说，"我们或许可以给狼獾一个惊喜。"

---

① 磅：英美制质量单位。1 磅 = 0.4536 千克。

绝地求生 夺命雪崩

树林就在不远处，我们和树林之间隔着一片巨大的空地。我让瑞安先行一步，让我们中间隔开一段距离，这样才符合我们在滑雪俱乐部学到的关于预防雪崩的内容。我还记得，当时的课程告诉我们，如果要滑雪经过可能会发生雪崩的地方，最多只能让一个人处于危险之中。看到瑞安走远了，我才跟了上去。

这片空地四周高山环绕，身处其中，我只觉得这里异常开阔。就在我们的滑雪板滑过刚刚落下的新雪时，我们隐约听到"砰"的一声。

我们立刻停了下来，并相互望了一眼。

一种不祥的下坠声开始了，我感到脚下的地面在移动。看到周围厚厚的积雪开始破碎，我感到越来越惊恐。

"是雪崩！"我叫道。

第三章

雪崩！

当我意识到发生了什么时，我体内的肾上腺素激增。我们居然在一片危险的雪上滑雪！大地像一个逐渐破裂的巨大的盘子，地上出现了许多裂痕，我感到地面越来越不稳定，脚下的雪开始移动。

"阿什利！"瑞安喊道，但我来不及回应。

之前学习的雪崩知识突然浮现在我的脑海，我操纵滑雪板从一侧的一个小坡上滑下去。我必须离开这个危险地带，离开即将到来的雪崩。周围的一切都在翻滚，断裂的树木，巨大的雪块。

突然，我的滑雪板碰到了什么东西，从我脚下脱落了。一个踉跄之后，我又记起了一个关键知识点：努力游泳。我开始以仰泳的姿势向树林移动，努力挥动双臂和双腿，企图在地面移动的情况下向树林靠近。与培训相比，在现实生活中实际操作是截然不同的。我真的能够"游"到树林吗？

一切的速度都仿佛加快了。在一片混乱之中，我发现了一棵树，我刚抓紧树干，随即感觉到雪冲到了我的头顶。一声巨响，像雷声一样，在我身后响起。我感觉到整个世界都在震动。

我回过头，正好看到铺天盖地的雪即将将我掩埋。雪崩将我连同乱七八糟的树枝一起从树上扯了下来。我被大雪席卷着转了一圈又一圈，不论我转向哪个方向，目之所及之处都是无边无际的雪，让人窒息的雪。我被雪冲到了树林中，感觉自己的右腿扭伤了。

仿佛整个世界都崩塌了。

我撞到了某种坚硬的东西，然后停了下来。周围的雪越来越厚，我唯一能做的就是用手护住自己的脸。

就这样过了不知多久。

四周一片黑暗。

耳边充斥着自己急促的呼吸声，我快不行了，除非瑞安躲过了雪崩，并能把我挖出来，不然我肯定会死在这里。对，他肯定不会有事。一定是这样！他可是瑞安！能搞定一切的瑞安。他肯定能够找到我并把我救出来的。就在此时，我意识到自己没有打开联络器，联络器应该就在背包底部。只有按照要求打开联络器并戴上它，否则，瑞安是无法找到我的。

我必须妥善使用周边的氧气，我开始一边数数一边呼吸，以降低呼吸频率。每次数到四再吸气，一——二——三——四——，吸气；再数到四，再呼气，一——二——三——四——，呼气。当我把注意力集中在呼吸上之后，我平静了下来，并且意识到我的胳膊凉飕飕的。又过了片刻，我才意识到这是为什么。

胳膊凉是因为风——我的胳膊穿过了身边的雪！

我摸了一下头盔，上面的积雪比我想象中少很多。我开始清理面前的雪，四周渐渐明亮了起来。突然，我眼前一点儿雪也没有了。

我深深吸了一口新鲜空气。

接着，我急忙把另一只胳膊也从雪中抽出来。"瑞安！"我大声喊道，"你在哪里？快过来帮我！"

没有答复。

我开始挖身体周围的雪。双臂获得自由后，我又挖到了自己的背包，奋力把它抽了出来。我在雪里连滚带爬，好不容易才"重见天日"，雪光刺眼，我想要揉一揉眼睛，却只摸到了头盔，我急忙先把头盔摘了下来。

我看了一眼刚才我还身陷其中的雪洞，唯一的

绝地求生 夺命雪崩

想法就是：这里差点儿成为我的坟墓，一个孤零零的雪洞，又黑又冷。刚才发生了什么？为什么会发生这一切？

我无法集中精力，唯一能做的就是坐在那里，大口呼吸。

我开始颤抖，这反而让我清醒了起来，我意识到我必须做点儿什么。

"瑞安！"我大声喊道，然后立刻向山上看去，唯恐这样的呼喊会再次引起雪崩。但我控制不住自己，又大声呼喊了起来："救命哪！有人吗？谁来帮帮我们！"

我绝望地看了一眼四周。在云杉光秃秃的树干之间，只有一大片一大片的雪。我被雪冲下了山，现在身处沟底。这条沟可能有 200 英尺①宽，里面

① 英尺：英美制长度单位。1 英尺 = 0.3048 米。

积累了大量的雪。**这些雪有多深？瑞安又在哪里？**

　　在我挣扎着站起身时，我感到膝盖一阵刺痛，使我呼吸急促，只得再次坐了下来。

　　就在此时，我看到了瑞安的滑雪杆，就竖在雪里。

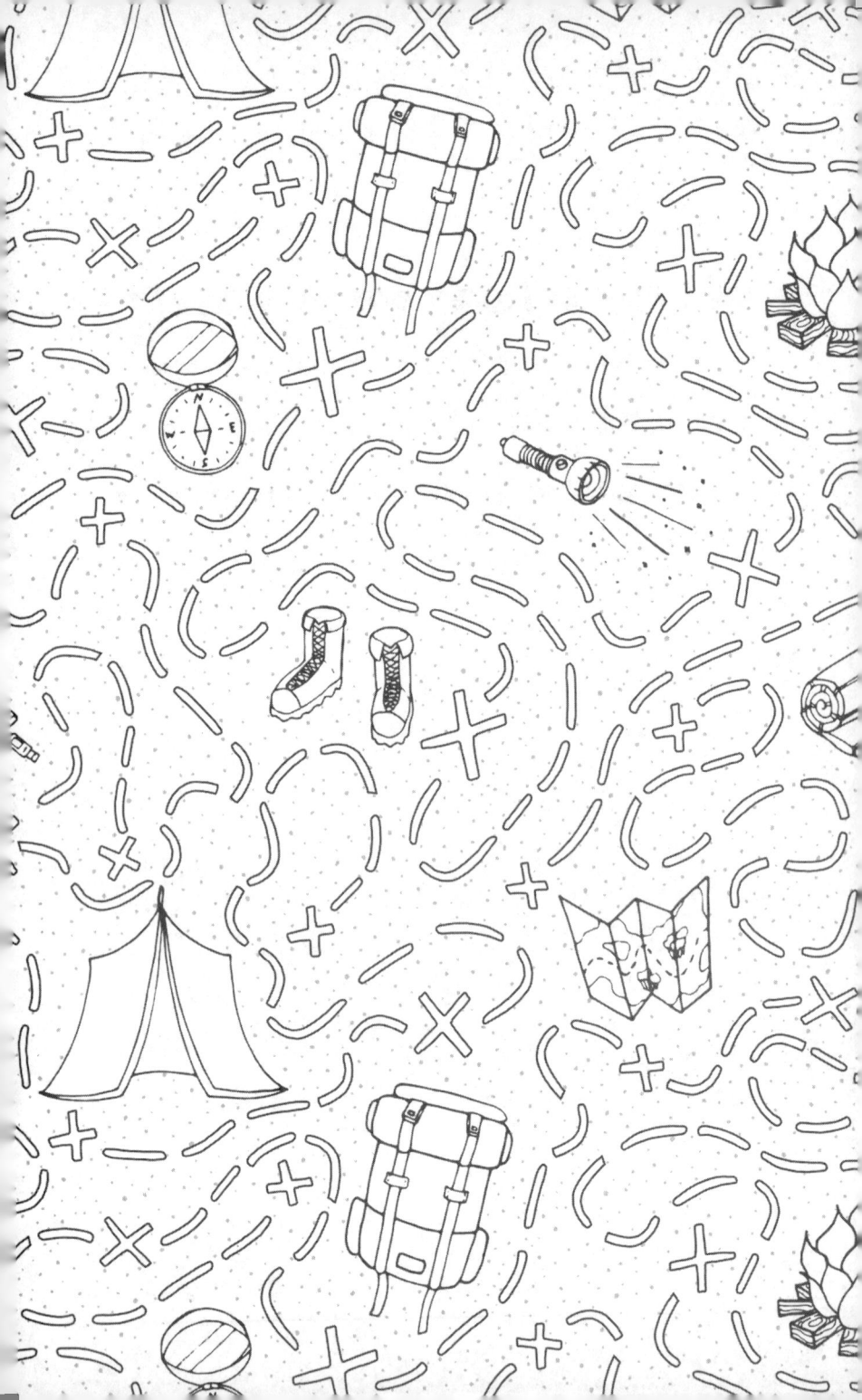

第四章

救出瑞安

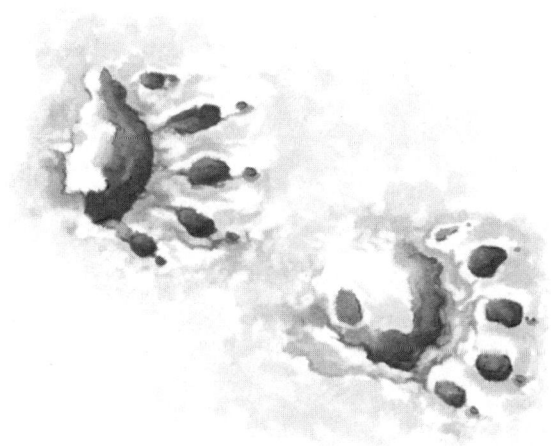

我拿起背包，将其撕开后，从中拿出了折叠铲，匆忙爬到滑雪杆附近，一把将铲子铲进雪里。不需要雪崩探测针，我知道瑞安肯定就在滑雪杆附近的雪中。

我哥哥被埋在了雪里！

我必须抓紧时间，他周围的氧气正在急剧减少。雪崩已经发生多久了？我把自己挖出来又花了多长时间？我还因为震惊而呆坐了太久。我怎么能坐在那里，白白浪费宝贵的时间呢？

"坚持住，瑞安！我来了，我来了。"

即使有铲子，压在一起的雪也很难挖开。最上面的雪像液体　样很容易清除，但下面的雪像水泥一样结实。我绕着滑雪杆小心地挖，免得不小心伤到瑞安。当我发现瑞安的手后，我一把抓紧了它。

瑞安也用力握紧我的手，我不禁惊喜地大呼

一声。

我一下子放心了，并不禁哭了出来。"我找到你了。"

我开始用双手挖雪，瑞安的胳膊肘渐渐露了出来，这是他的右手，这样我就知道瑞安面朝哪个方向了。多亏了滑雪杆及时伸了出来，不然我怎么能够知道瑞安在这里呢？现在不是想这些的时候，赶快挖。

我加快了速度，希望尽快让瑞安的脸部得到解脱，这是与时间的赛跑。我到底还有多长时间？

瑞安也是一边数数一边呼吸吗？我清晰地记得雪里是多么黑暗、封闭，所以我知道瑞安肯定和我当时的心情一模一样。在被雪埋住之前，他可曾深吸一口气？他周围到底有没有足够的空间？

我要赶快把瑞安挖出来。快挖！我不断加快节奏，左手的手套已经脱落，没有任何保护的左手在雪地上留下了一道道红色的血迹。我的一个指甲断掉了，正在流血。

我至少已经挖了三英尺，还要挖多深才能看见瑞安的脸？

时间在一分一秒流逝，快没有时间了，氧气也快没了。四周的一切都静止了，和之前雪崩造成的铺天盖地的巨响相反，现在周围安静无声。雪还在下，让整个世界更加寂静。我正在清醒地经历一个噩梦中才会出现的情景：我必须挖出我的哥哥才能救他的命。

终于，我感觉到了瑞安的鼻子。我把他嘴边的雪清理掉，他用力吸了一口气。

我失力地向前一倒，险些和瑞安一起跌进雪里，膝盖的疼痛再次袭来。"放心，我来帮你。"我说道，"先呼吸点儿新鲜空气。"

我接着挖雪，让瑞安整个头部露了出来，他的脸上布满伤痕。我用尽自己的最后一点儿力气，终于用铲子清除了他四周的雪，把他救了出来。

瑞安拼命挣扎，想要从雪里爬出来，我伸手帮他把胳膊从背包的背带中拉了出来，然后，我们两人一起用力，让他彻底从雪里解脱出来。

"你还好吗？"我问道。

瑞安终于从雪里爬了出来，还在大声呼吸。他的头盔不见了，头发里都是雪。他的头盔和帽子可能掉在了某处。除了脸上的伤痕，他看起来没有其他地方受伤。

就在我忍不住开始想象，如果我动作再慢一步可能会有什么可怕的后果时，我突然感到一阵头痛，并且开始颤抖。我和瑞安双双坐在地上，身上融化的冰雪让我越来越冷。

"我们现在该怎么办?"我问瑞安。

情况太糟糕了。在这么冷的户外,浑身湿漉漉的可不是一件好事。我们离任何可以获得救援的地方都有一段很长的距离,我们必须自己想办法取暖。

瑞安一边摸着头上的大包,一边莫名其妙地看着我。

"你是谁?"他问道。

第五章

火中的回忆

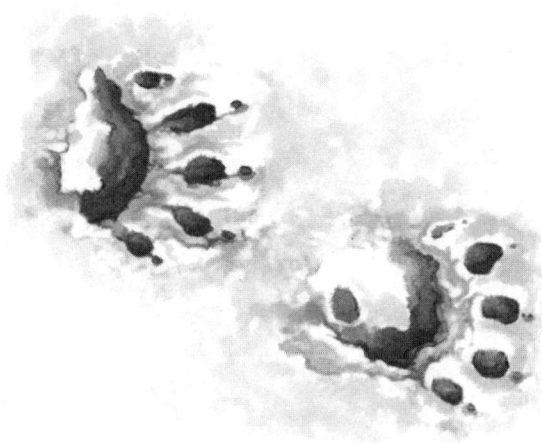

我盯着瑞安。"什么?"我不可思议地问道。

"你是谁?"瑞安重复了一遍,并目光呆滞地看了一眼周围,"我这是在哪里?"

我感觉自己的心都快碎了。他怎么会不认识我呢?我颤抖着吸了一口气,说:"我们遭遇了雪崩,你的头可能撞到了什么东西。我是你的双胞胎妹妹,爸爸妈妈并不知道我们在这里,他们以为我们还在滑雪道上。"意识到目前的情况有多严峻,我停顿了一下,"我们必须想办法取暖,这样才能等到人来救我们。"

我扫视了一下周围的环境。根据我们受到的训练,我记得我们应该远离雪崩滑槽的底部,因为另一场雪崩随时都可能沿着同样的路线再次发生。

瑞安捧起一堆雪,居然十分冷静地问:"那我们应该生火吗?"

"是的，这是个好主意，"我说，"一个很好的主意。我的背包里就有打火机。"

在这个世界上，瑞安是我认为最值得信赖并会永远支持我的人，即使在我被他气得想要掐死他的时候，在我内心深处，我都深信他会随时保护我。但为什么他现在看起来一点儿都不可靠？

现在不是思考这个问题的时候，我告诉自己，先不要去想为什么我哥哥不认识我。我试图站起来，但膝盖上传来的疼痛提醒我自己受伤了，我现在最想干的事情是躺在地上抱紧自己，等待有人来救我们，或者等待瑞安做点儿什么来拯救我们。但瑞安只是坐在那里，一动不动地看着我。

我们身处山下一个深深的沟壑之中，雪崩波及的范围很宽，根据折断的树木和其他残骸很容易发现这一点。树木周围堆满了厚厚的雪，一些树只有顶端露了出来。我爬到之前挖出瑞安的雪洞旁，在那里找到了自己的背包，并从雪里挖出了瑞安的背包。我拖着两个背包，向树林走去，一步步逐渐远离雪崩带来的破坏。每次我的膝盖稍一弯曲，我就痛得咬紧牙关。

瑞安试图跟着我，但他一下子陷入了厚厚的积雪中。他爬了出来，看了一眼四周，说："雪太厚了，我们哪里也去不了。"

瑞安说得对。滑雪板能够帮助我们在雪地上移动，但我们根本找不到我们的滑雪板，瑞安也只剩下一根滑雪杆。我们到底该怎么办？我突然感到一阵惊慌，我把注意力转移到手中的两个背包上，至少我们的背包还在。

"我们失去了滑雪板，不过没关系，"我企图安慰瑞安和我自己，"我们不需要去太远的地方。"

　　我向前爬呀爬，直到远离危险地带，来到一棵树旁。树的一侧全是积雪，另一侧则是一片空地。瑞安跟了上来。持续不断的移动让我暖和起来，但瑞安却开始发抖。我爬到他身边，用自己的帽子罩住了他的双手。

　　"去找些树枝来生火。"我指着身后的云杉对瑞安说。瑞安挣扎着爬上树，开始折树枝。

　　我从背包中拿出引火棒。午餐时爸爸刚刚生过火，于是我开始模仿他的动作。瑞安带回一片宽大、脱落的树皮，我选择把它放在最底层，这样火就不会在雪地上烧出一个洞来。然后，我把干树皮和小树枝堆在从背包里拿出来的两根引火棒上，用我已经有些冻僵的大拇指打打火机，火焰瞬间点燃了引火棒，火堆开始噼啪作响。

　　雪花不停地落在火上，我源源不断地往火里加

入更大的树枝，火变得越来越大。以防万一，我把引火棒小心翼翼地放在了背包内侧的小口袋里，拉上了拉链。我们可不能失去它。

我们伸出双手烤火。瑞安坐在了我身边，我看了一眼他的头，他额头上的大包看起来比我刚把他从雪里救出来时更严重了，大包更肿了。**爸爸有个急救包，不知道爸爸妈妈现在在哪里？他们开始找我们了吗？他们看到我们的滑雪板留下的轨迹了吗？从落下的雪来看，答案应该是否定的。**

如果他们没有看到我们的轨迹，我们该怎么办？

我把双手放在嘴边，大声喊道："救命！我们在山下！"我的嗓子因为大声呼喊而有些疼痛，我的声音听起来也有些沙哑。瑞安睁大眼睛盯着我。

"他们会找到我们的。"我低声说，捏了一个雪球，把它轻轻放在瑞安的额头上，他因为疼痛忍不住皱了一下眉头。当我们四目相对时，我竟然感到有些紧张。"在我们更小的时候，有一次，我们在等校车的时候打了一架，你还记得吗？"我说。

瑞安眨了眨眼。

"你用你的夹克抽我，于是我就用自己的夹克还击，结果拉锁打到了你的额头，这让你更加恼怒，更加用力地用夹克抽我，结果打到了我的脸。"我模仿了一下当时瑞安用夹克抽我的动作。

"你的拉锁打到了我两边的耳朵。我们同时哭着跑回了家，分别捂着自己的耳朵和额头。妈妈给了我们冰块，并让我们赶紧赶回等校车的地方，校车已经快到了。于是我们跑了出去，校车一停下，我们就怒气冲冲地上了车，一个坐在车头，一个坐在车尾，彼此相距很远。"

瑞安听得微微张开了嘴，我则继续回忆道：

绝地求生　夺命雪崩

　　"我不得不两只手各拿一些冰块，小心翼翼地将它们敷在耳朵上，冰水顺着我的胳膊流了下来。当我回头看你的时候，我很高兴地看到你把冰块敷在额头上，你整个脸都是红的，到处都是伤痕。"

　　我看着瑞安的脸，他的脸庞发紫，布满斑点。我帮他把帽子里露出来的头发理了回去。雪落在他的脸上，融化后留下一道道湿痕。"很快，爸爸妈妈就会来救我们。"

　　瑞安看着我。看到他一点儿也不认识我，我不禁感到有些害怕。瑞安看起来变成了另一个完全不同的人，一个看着像瑞安，但是很脆弱的人。

　　我的下嘴唇开始哆嗦。我把注意力转向背包，开始从中寻找我压在背包底部的羽绒服。瑞安看到我这样做，也拿出了自己的羽绒服，他做什么都像出自本能，从来不假思索。

48

我的膝盖还在隐隐抽痛。为了看一下膝盖到底是什么状况，我不得不卷起我的外裤、轻型羊毛裤和最内层的保暖裤。膝盖略微有些红肿，但看起来没有感觉上那么糟糕。就像对待瑞安的额头一样，我也捏了一个雪球敷在上面。"我可能扭到膝盖了。"我说。

"用一个弹性绷带把它包起来。"瑞安道。

我细细地看了他一眼。瑞安还记得多年前他扭伤脚踝并用弹性绷带包扎的事情，却不记得我？当时，黛比·马丁把他从滑梯上推了下来，瑞安扭到了脚踝，他没哭，我却哭了。

"如果有弹性绷带就好了。"我说。我的马海毛止滑带要在就好了，但马海毛止滑带和滑雪板一样，都被雪崩吞噬了。

我把背包里所有的东西倒在腿上，开始一一盘点：一顶备用的薄帽子，一个已经冻住的麦片饼，以及一个叠在一起的迷你应急毯，虽然说是毯子，但它看起来其实更像一层薄薄的锡纸。我把麦片饼放进兜里，然后戴上了帽子和手套。

背包里还有我的无线电收发器、雪崩探测针和一个内含胶带、胶塞蜡和滑雪带的滑雪修理包，包里没有弹性绷带。除此之外，我的背包里只剩下一个几乎空了的不锈钢水杯。我往杯里装满雪，然后把它放在火旁。

之后，我又开始整理瑞安的背包。他有一把多功能刀，一根雪崩探测针，一把铲子，一个空水杯，一条应急毯子，一卷轻绳，一卷胶带和一支蜡烛。瑞安也把他的水杯装满了雪，放在了我的水杯旁边。他一直在模仿我的一举一动。

我这辈子总是希望能和瑞安有所不同，最好能拥有一种独特的才能。我不像瑞安学习那么好，也不是运动健将。作为他的双胞胎妹妹这一点，让我看起来比实际上的我更加平凡。但现在，瑞安在模仿我的一举一动。

瑞安又往火里加了些树枝，烟雾逐渐升起，刺痛了我的双眼。要想让火继续燃烧下去，我们还需要更多树枝。我们还要在这里待多久？我看了一下天空，发现已经是傍晚了。

我拿起了胶带和滑雪带。我可不可以做出一个能够让膝盖减轻疼痛的工具？我需要的原材料必须容易获得且富有弹性。我把手伸进口袋，抓紧了自己的内裤，然后用瑞安的小刀将其割断。

幸好今天穿的是神奇女侠内裤。

我把内裤当绷带绑在了自己的膝盖上，然后尝试着弯了一下膝盖，痛得我直皱眉头。我一只手把

滑雪带固定在膝盖上，另一只手拿起胶带，在膝盖的上面和下面各绕了一圈。看起来，胶带应该还是挺牢靠的。

我一抬头，发现瑞安正在看我包扎。他没有就我的内裤开玩笑，也没有说任何挑衅我的话。我喉咙有些哽咽，最终没能忍住，在我把卷起的裤子拉下来塞进鞋子的同时，我感到滚烫的泪水顺着我的脸庞流了下来。

"我们不会有事的。"我哽咽着说，"他们很快就会来救我们了。"

就在我说话的时候，一股大风吹来，雪扑扑地打在我们脸上。我努力让自己不去注意越来越暗的天空，我已经感觉到气温在下降了。

虽然我的双胞胎哥哥就在我身旁，但我人生中第一次感到了孤独。

第六章

建造雪穴

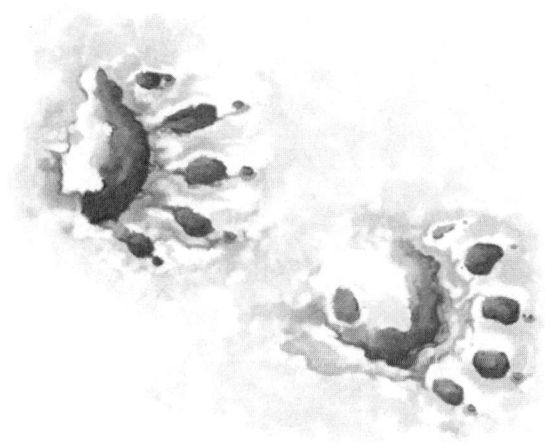

大风改变了一切。

我们裸露在外的皮肤和脖子迅速变得冰凉，我把冻僵的手塞进大衣里，气温骤降，让人感觉身处一个巨大的冰柜之中。

我抬起头，开始大喊："有人吗？"我的声音尖利而沙哑："有人能听到吗？我们在山下！"

我聚精会神地听着，希望听到哪怕一丝象征着救援的声音。我之前无比确信肯定会有人来救我们，但现在太阳已经快落山了。我看了一眼哥哥，他看起来无助且困惑，就在此时，我决定了一件事，我必须自己想办法，我们首先应该离开这个风口。

"瑞安，记得我们之前在滑雪俱乐部建造的雪穴吗？"

他摇了摇头，这让我很气愤。

"不，你肯定记得。我还记得我们把雪堆积起来然后掏空的时候，你说这样的避难建筑简直太棒了，所以你从那以后总是蠢兮兮地在你的背包里带着蜡烛。记得吗？当时我们每个人轮流爬入海狸巢穴般的入口，并且都参与了挖洞的过程。之后，我们还需要再等一天，整个建筑才能变得坚固。你是当时负责打造通风口的人。最后，我们每个人都挤进了雪穴中，点起了蜡烛。那里面可真暖和！"我越说声音越大。

"快想起来！"我喊道。

瑞安往后退缩了一下，他铜棕色的眼睛露出了疑惑的神情。

他的神情让我立刻平静了下来。"对不起，想不起来也没关系。我只是说，当时我们一起经历了很多有趣的事情。让我们再次试着做一次吧，好吗？但这次我们不会建那么大的雪穴，我们也没有时间等待它变坚固。我们只需要挖出一个普通的雪穴。"

嘛啪作响的火堆旁有一大堆积雪。我用滑雪杆支撑着站了起来，右腿慢慢用力，但还是有些痛。我一步步走到那堆雪跟前，开始用铲子挖洞。

瑞安爬到我身边接过了铲子。在那一瞬间，我以为他记起了我说的事情，但他只是默默地不断把雪挖了出来。

"我们需要制造一个斜面，阻止热空气流失。"我解释道，"你可以像爬楼梯一样先往上挖，然后再横着挖，让整个结构看起来就像一个大写的'T'。我去找一些能够铺在地上、让我们不用坐在雪上的东西。"

我开始收集比较大的云杉枝，我们附近就有不少被雪崩折断的树木。看到这些断掉的树木，我不禁停下了手中的动作。

我们原本也可能遭遇和这些树同样的命运。

我把注意力再次转回眼前的工作，走到几棵还好端端地矗立在地上的树旁，在离地面较近的地方折了一些树枝，然后一瘸一拐地回到瑞安身边，放下树枝后，开始和他一起挖雪。

我的胃在收缩，它在提醒我，我们错过了一顿饭。午餐之后，我们就什么也没吃过了，还一直处于寒冷的户外。在滑雪俱乐部，我们曾学到过，人们在冬天处于户外时，身体要摄入能量才能保暖。我想起了口袋里的食物——一个麦片饼。最好把它留到雪穴建好后再享用，现在最重要的事情是打造一个能够避风的庇护所。

我们挨着彼此躺在地上，试图从雪堆中挖出足够我们藏身的空间。天越来越黑了，就着火光，我们只能勉强看到四周。

"看起来已经可以了，我去试一下。"我说道。

我一爬进去，立刻感到气温发生的变化。雪穴里完全没有风，没有风，我的体温就不会流失。这让我感到一丝安慰。

我看了一下四周，在蓬软的地面上艰难地移动。我们现在有足够的空间坐起来，但我无法伸开腿，这个雪穴无法和我们在滑雪俱乐部打造的那个巨大而舒适的雪穴相提并论。而且，雪穴的入口太大，但我们不得不如此，因为只有这样，才能两个人一起挖雪，赶在天黑前建好雪穴。

我看了一眼蹲在火旁的瑞安。树枝已经快烧完了，火越来越低，快要低到雪地里了。火需要氧气，要不然，它很快就会熄灭的。

但我们的生命绝不会像火一样很快熄灭，我不会让这样的事情发生。

第七章

度过寒夜

　　我爬出雪穴，让瑞安先进去。我递给他一些树枝，让他铺在地上。风吹着我的后脖子，还顺着我的脖子往里灌，让我全身上下的汗水一片冰凉。

　　我往瑞安身旁爬去，边爬边铺树枝。雪穴的入口按理说应该建得只够一个人爬着出入，这样才能保留雪穴里的热气，防止外面的寒气进入。所以，我往入口处堆了一些雪，让入口变得更小。然后，我像之前在俱乐部中做的那样，用书包堵住入口。这样，第二天早上，当我们需要离开时，我们可以踢开书包，而不用担心入口被雪完全封盖和冻住。

　　我转过头面向瑞安，但我完全看不到他。

　　"我应该在封门之前先点上蜡烛的。"我一边在黑暗中摸索一边道。在寂静而沉闷的雪穴中，打火机的声音显得格外刺耳。蜡烛点着了，狭小的空间里到处都是影子在晃动，我把蜡烛插在了雪白的墙

壁上。

"我们需要之前在雪穴中使用的那种锡纸。"我说，"当时我们用锡纸包住了蜡烛，这会让雪穴里更暖和。"

我想起了我们的应急毯。我在背包中找到了它，然后撕开包装，我把一个应急毯递给瑞安，他一边哆嗦一边将其打开，然后裹在自己身上。我从自己的应急毯上剪下了一小块，把它放在蜡烛的后面，让蜡烛的光打在上面，然后再反射回我们身上。

"想做个通风口吗？"我问瑞安，并把雪崩探测针递给他，我希望这能让他的记忆有所恢复。

瑞安没有说话，默默地在雪穴顶上捅了个洞，然后又默默地把雪崩探测针还给了我。雪穴里一片寂静，我咬紧嘴唇，只有这样，才能不让自己哭出来。我喝了一口水杯里已经融化的雪水，瑞安也照我的样子喝了一口水。

是时候分享麦片饼了。"晚餐已经做好了。"我说，企图用一个笑话让我们的心情轻松起来。

这句话引起了瑞安的兴趣。我小心翼翼地把麦片饼掰成两块，把较大的一块递给了瑞安。瑞安接过麦片饼后，一口就把它吞了下去。

我笑了。这应该是个好迹象，瑞安饿了。我慢慢咀嚼着我的那一半麦片饼，这样小口小口地吃，可以让食物在嘴里的时间更久。我又喝了一口水，但这点儿水和食物远远不足以满足饥肠辘辘的我。

瑞安已经躺了下来，闭上了眼睛。想到我们即将面对的漫漫长夜，我觉得不应该一个人醒着，或许我应该提醒一下瑞安，聊些我们之前一起经历过的事情，或许能帮他尽快恢复记忆。

"去年我们去了尚普兰湖的钓鱼小屋，"我开始说道，"记得吗，瑞安？"

瑞安看了我一眼。"是吗？"

我告诉他，当时我们两个都不想去碰用作鱼饵的虫子。最后，我们不得不一边任由它们在地面挣扎，一边用鱼钩扎穿它们的身体。但是当爸爸来查看我们的进度时，突然间，瑞安变得勇敢起来，他不仅一手拿起一只虫子，还一边拿着那个蠕动的黏糊糊的虫子，一边追我。

在这个寒冷的夜晚，我绝大多数时间都在讲故事。我讲了五年级时瑞安的宇宙模型在科学展览上获奖的事情。颁奖典礼那天，爸爸特别自豪，他不断跟遇到的每个人介绍自己是瑞安的父亲。

我还讲了瑞安不管做什么都能获胜的事，以及，他在学校从未惹过祸，每次惹祸的那个人都是我。我还告诉他，当爸爸接到学校的电话，知道我为了给瑞安出头而打架的时候，爸爸有多么失望。那是在瑞安扭到脚踝后的第二天，我推了黛比·马丁一把，我并不因此而感到后悔。如果时光倒流，我还会这么做的。

夜色越来越深，我讲故事的语速也越来越慢。总是弯着脖子，让我有些难受，于是我干脆把头枕在胳膊上，肩膀上盖着应急毯。我的肚子因为饥饿而不断发出咕噜声。**太阳应该快升起来了吧？到时候我们该怎么办？**

没有人来救我们，没有人知道我们在这里。我看了一眼蜡烛，发现蜡烛已经所剩不多。我们肯定无法在这里再坚持一夜，我暗暗对自己说。如果没有蜡烛帮我们把雪融化成水，我们肯定坚持不下去。我们必须做点儿什么。

我们之前滑雪经过的地方有雪地机动车的痕

迹，吃午餐时，我们也曾听到过雪地机动车发出的声音。如果我们能够回到主干道，肯定会遇到从那里经过的人。但在此之前，我们需要先离开这个山沟，回到山上去。

我们该怎么回去？我们的滑雪板已经丢了。

我在脑海中一遍遍思考着克服这个问题的办法。我想到了我们之前见过的狼獾留下的痕迹，想到了它们的爪子有多么大。瑞安当时说，它们的爪子之所以那么大，是为了在雪地上行动自如。我们也应该效仿狼獾。我们能不能做一些雪鞋？我懊恼地叹了一口气，我并不知道该怎么做雪鞋。

那是我在进入梦乡之前的最后一个念头。

突然，我醒了过来，脑子因为周围的寒冷和黑暗而有些混乱。我的大脑已经停止运转，我的内心充满恐惧。雪崩之后，我又回到了雪里？我们被活埋了！不，等等，我们没有被活埋，我们逃脱了，瑞安就在我身边。只不过，蜡烛已经熄灭了。

"瑞安？"我到处摸索着，不小心打到了瑞安的脸。

"啊！干什——？"

"你还好吗？"我一边问道一边爬了起来。我的眼睛逐渐适应了雪穴里的黑暗，透过书包，雪穴里依稀有些亮光。

"我们在哪里？"瑞安惊恐地四周张望，"阿什利？"

"瑞安！"我有些哽咽，伸手握住了他的手，"我们在一个雪穴里，你记得吗？"

瑞安发出了一声抽泣。他摸了摸自己的鞋子，然后开始拼命解扣子。"我的脚！我感觉不到我的脚了！"

第八章

做雪鞋

"什么？"我着急地大声问道。

我赶紧帮瑞安一起解鞋子上的扣子。我越来越慌，猛然发现他右脚的鞋子破了，已经完全裂开了。

瑞安一把扯掉鞋子。看到鞋里结满了冰，我不禁心中一沉。瑞安的袜子全湿了，我把他的袜子脱了下来。现在，我们俩都看到了他那冻得蜡白的脚，特别是他的右脚，小拇指看上去像是后来装上去的假肢，或是人体模型的一部分。这是我见过的最严重的冻伤。

为什么昨天我只顾自己的膝盖，却没有查看瑞安的双脚？我应该让他早点儿脱下袜子才对！至少，我应该早点儿发现他的鞋子坏了。为什么我没能照顾好自己的哥哥？

"这是怎么回事？"瑞安大声问道，"我们在哪里？妈妈呢？"他挣扎着想要站起来，却被应急毯缠住了双腿。他急得跳了起来，脑袋又撞到了雪穴顶上，这让他一下子躺了下来，赤裸的双脚无意识地滑过铺在地上的树枝。

我抱住了瑞安，希望这能让他安静下来。抱着瑞安也让我自己好受多了，毕竟瑞安终于又是他自己了，我如释重负，眼泪也夺眶而出。

瑞安一边喘气，一边听我讲述我们遭遇到的一切。我告诉他，我们是在雪崩后建起这个雪穴的。瑞安还记得昨天在滑雪道附近吃午餐，但不记得之后发生的任何事情。我一边说，一边脱下了自己的袜子，穿在了瑞安冰冷僵硬的脚上。瑞安头上的包已经消失了，现在那里只剩一片蓝紫色的痕迹。

"要是书包里带的不是手套而是备用的袜子就好了。"我说。

我用小刀划开背包，从背包两侧割下两片布用来裹脚，然后穿上了鞋。我的鞋干燥温暖，但对瑞安来说太小了。

我用力打开了雪穴的入口，并确保我们带上了所有能带走的东西。我暂时还不敢直面瑞安，我怎么能够忘记检查他的双脚呢？

我们必须离开雪穴，瑞安的双脚需要保暖，还需要检查他头部的伤到底有多重。或许昨晚的冷敷让他头部的伤有所好转，但对他身体的其他部位来说，继续挨冻可不是好事。

出了雪穴后，瑞安从口袋里拿出了地图，跟着地图的指示，我们俩一起抬头望了望远处的山。天边已经发红，天马上就要亮了。早晨的空气非常寒冷，周围一片寂静，树林中鸦雀无声，好像有人对整个世界按下了"暂停"键。

"你知道有雪地机动车轨迹的地方在哪里吗？"

我问瑞安。

瑞安闷闷不乐地看着地图。"这里。"他指着地图上的某处说，"找到它在哪里并不难，但我们在这里！"他指了一下我们四周，并企图在厚厚的积雪上行走，"我们无法上山，没有滑雪板，我们肯定会陷入雪中，我甚至无法正常行走。"

瑞安蹲在地上，抱住了自己的膝盖，手中还拿着地图。

"你不能放弃。"我说，"来吧，我们来做雪鞋，然后像狼獾一样在雪地上行走。"

瑞安吸了吸鼻子。"嗯……"他看了一眼四周的树，说："或许我们应该先做一个架子，然后在里面填上雪穴里铺的树枝。"

"这是个好主意！我们想想该怎么做。你知道怎么做架子吗，瑞安？"看到瑞安突然有了兴趣，我满怀感激。我一个人可搞不定这一切。

瑞安收起了地图，站了起来。他拉着树枝，开始在深深的雪地里艰难行走。我本以为瑞安已经恢复正常，但现在看来并非如此——他只是很容易被说服。我两手颤抖着再次生起了火，然后把水杯放在火旁，让更多的雪融化成水。要想离开这里，我们必须有充足的水。当然，我们也需要食物，我无时无刻不感到自己饥饿而且虚弱。

瑞安拿着两根笔直的树枝坐在我身旁，他用书包里的胶带把两根树枝的一端绑在一起，形成一个大大的"V"字形，其长度大概相当于我身高的一半。瑞安一边看着自己的作品一边自言自语，然后又把一根树枝绑了上去，形成了一个三角形。

瑞安蹲下来，聚精会神地看着自己的作品。他集中精力工作的样子让我感到十分安心。瑞安接着

把两根较短的树枝像等号一样平行放在三角形上。

"你可以把脚放在这上面。"瑞安指着"等号"解释道，"我们可以在上面铺上树枝来确保我们不会掉到雪里，和狼獾的爪子原理相同，看到了吗？我们可以用绳子把树枝绑紧。"

瑞安的脸上露出了坚毅的表情。看起来，他似乎暂时忘记了自己冻伤的脚和我们所处的环境，我很开心。看到瑞安胆怯也会让我胆怯，因为我们总是心心相印。

我们并排坐在火旁，把树枝绑在架子上。我一坐下，就听到自己的肚子又叫了。饥饿感越来越强烈，我的肚子也越来越空，我感到有些恶心，我从没有这么饿过。我哆嗦着摸了摸肚子，多么希望面前有一大碗麦片粥，配上热热的黄油吐司和覆盆子果酱……但现在不是想吃什么的时候，我需要集中精力想办法上山。我的膝盖受伤了，我真的能走上去吗？

"我饿了。"瑞安道。

"没有食物了。"我轻声答道，"但是我们上山后，可以想吃什么就吃什么。"

"甜甜圈？"瑞安问道。

"里面加奶油的甜甜圈。"我答道。

我们把三角形颠倒过来，让尖角朝后，然后把鞋子绑在了"等号"上。

雪鞋周边都是散乱的松针，这让它看起来像个毛茸茸的拖鞋。我的膝盖隐隐作痛，但我努力不表现出来，不让瑞安发现。他慢吞吞地走在我身后。

我把我们所有的东西都塞到那个唯一没有被我破坏的背包里，瑞安则拿起了他的滑雪杆。是时候上山了。

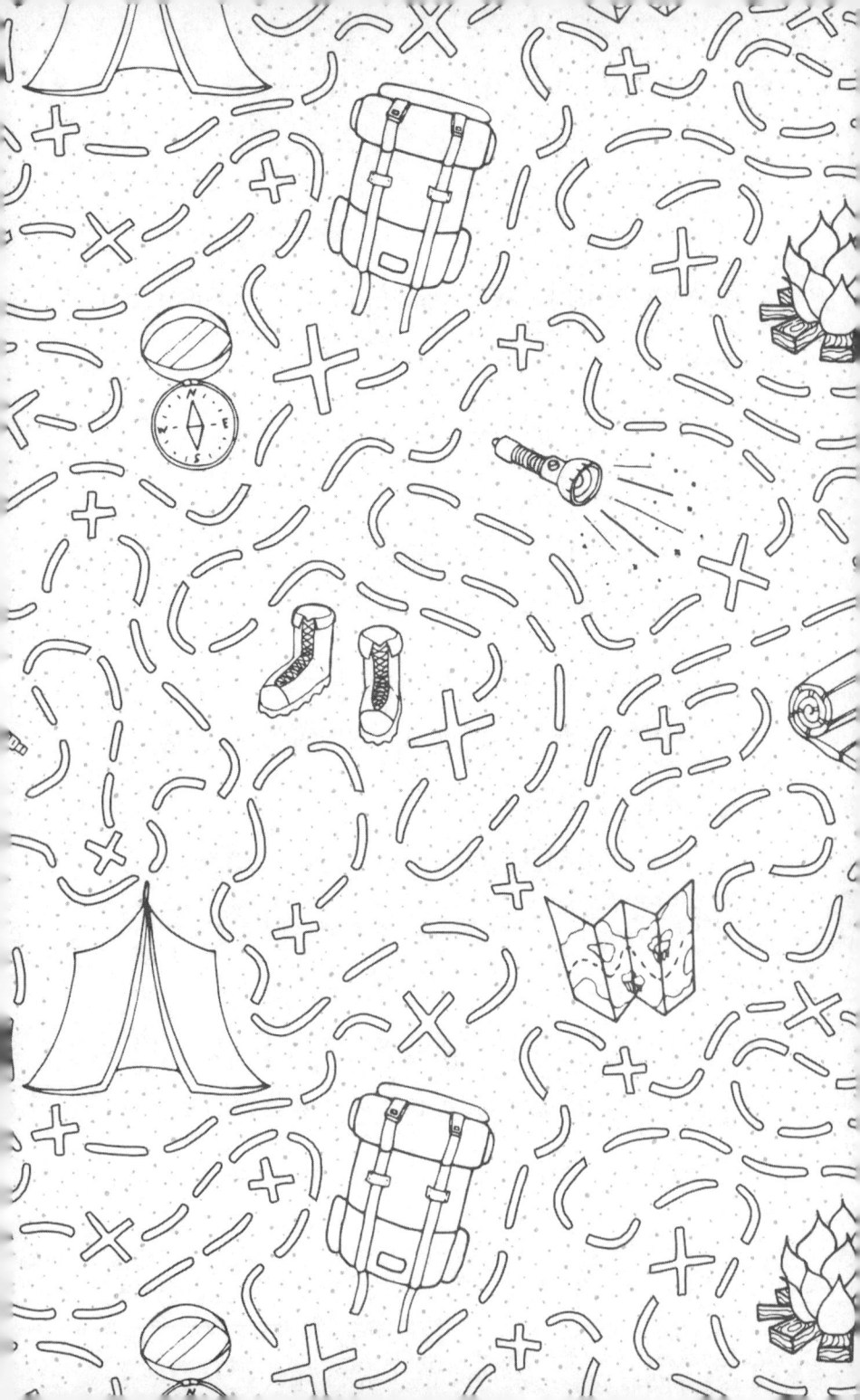

第九章

灰熊和狼獾

第九章 灰熊和狼獾

我的雪鞋踩塌了最上层的雪，但雪鞋底部浓密的树枝阻止了我进一步下沉。"雪鞋很有效！"我说道。

穿着雪鞋走路并不容易，而且它们看上去很滑稽。我的滑雪鞋穿上去也不舒服，但它们至少有弹性，而现在，我每一抬脚，纤细而坚硬的树枝就弹了起来。我身后都是雪鞋留下的"V"字形。

我的双脚冰冷，还不停地跟用来裹脚的僵硬的背包布发生摩擦，但即使这样，也好过光脚穿鞋。最让我难受的是我的膝盖，感觉像是着火了。我本想用更多胶带让临时绷带更加坚固，但我担心这样会影响膝盖的血液循环。另外，我们也不能停下脚步。我把全部注意力都放在了前进的每一步。

"阿什利。"瑞安小声道。

我回过头，看到他脸色一片苍白。瑞安指着一个方向。顺着他的手指，我看到了一头熊。

一个棕色的庞然大物，就在我们头顶的雪地上。

"它在看我们吗？"我问道，"它看到我们了吗？为什么会有熊在山上？熊不是应该在冬眠吗？"

"它们到了四月就会出洞。"瑞安道，"现在是四月吗？"

"下周就四月了。"我答道，并因瑞安明显还未完全恢复而感到沮丧。他必须尽快好起来，我需要他。

"看！"我指着那头熊，它正朝着远处的树林走去，显然是在闲逛。"它消失了。"

熊走了。我希望这是我们最后一次见到熊，我们低下头，继续向山上走去。

瑞安用滑雪杆作为支撑，在我身后一步一步艰难前进。我们都没有力气说话，我们需要保留体力才能走到山上。瑞安每走一步，都轻呼一口气。天地间静悄悄的，一只巨大的鸟在我们头顶慵懒地盘旋。

今天没有下雪，我们已经可以清楚地看到科尔特峰了。棕色的群山高高低低，参差不齐，山顶上覆盖着皑皑白雪。一不留神，我脚下一滑，差点儿摔倒，赶紧把注意力转回到眼前的任务上。走一步，甩一下脚踝，抖掉雪鞋上的雪。

走一步，抖一下。走一步，抖一下。

走了近一个小时，我们才走到雪崩将我们带走的距离的一半。瑞安倒了下来。

"我们没希望了，我走不动了。"瑞安号啕大哭。

我从未见过瑞安放弃，这比其他任何事情都让我觉得害怕。我绝望地看了一眼四周，我们身处发生雪崩的中央地带，周围的雪地上到处都是断木、岩石和巨大的冰块。我的膝盖依然肿胀，隐隐抽痛。瑞安坐在地面上，一边哭一边哆嗦。

"站起来。"我说，"快！你可以做到的！"

我抓住瑞安后背的大衣，企图把他拉起来。但我滑了一跤，摔在了地上。我抓住滑雪杆，重新找到平衡，然后又抓住了瑞安，我用尽全力拉了瑞安一把，但他纹丝不动。

我们怎么样才能坚持下去呢？ 我腿一软，坐在了瑞安身边。我坚持不下去了，要是爸爸妈妈也在这里就好了，要是瑞安告诉我一切都不会有事并能站起来背我下山就好了。我想回家，想裹在毯子里，躺在沙发上，抱着我的小猫"老虎"，让它躺在我的腿上，它会发出可爱的呼噜声，时不时地伸展它的爪子。

风是从山上刮来的，带来了一股寒流。现在天空湛蓝，阳光明媚，阳光经过雪地的折射，明亮得几乎刺痛我的双眼。我们挺过了雪崩和沟底寒冷的黑夜，我们经历了这么多，却无论如何还是要死，而且就死在我们试图找回去的半路上。没有人知道我们遭遇了什么。

我揉着我的膝盖。瑞安不想走，我也拖不动他。

就在此时，我一抬头又看到了熊。熊还在山上，但比之前离我们的距离更近了。"瑞安！熊回来了。"我低声道。

我的心跳开始加速。熊在跟踪我们，这应该是一只刚刚离开洞穴，还未进食的灰熊。即使我想逃跑，也无处可去。我打量了一下四周，然后又看到了另一只动物。

在我们身后，一只黑黑的、毛茸茸的动物正在雪崩留下的废墟中乱刨。它的脑袋很宽，耳朵短而圆，一条黄色的宽带纹一直从它的肩膀延伸到它毛茸茸的尾巴上。我看见它用长长的爪子不停地往下挖，并从雪里挖出了什么东西。

我跟瑞安比画了一个手势，他也看到了这只动物。

"狼獾！"他用沙哑的声音低声说道。

我们看到狼獾使劲拽着一具动物尸体的后腿，想把它拉出来。那是一只长着蹄子、有着浅棕色毛发的动物，我看不出死去的究竟是什么动物。

我们的注意力完全被狼獾吸引了，以至于根本没有注意到灰熊几乎已经来到了我们身旁。

第十章

野兽的对决

第十章　野兽的对决

"瑞安！"我尖叫道。

灰熊朝我们冲了过来。我唯一来得及做的就是抓住瑞安，闭上眼睛。灰熊的牙齿马上就要咬过来了。

此时，我听到身后发出了嘶吼声。我一回头，正好看到灰熊朝狼獾扑了过去！瑞安和我坐在雪地里，抱紧对方，不住地喘气。原来灰熊想要的是那只死去的动物，不是我们。

狼獾发出的声音听起来像是恐龙电影里的迅猛龙，让我的胳膊上起了一层鸡皮疙瘩。空气中弥漫着一种像是臭鼬发出的麝香味。

巨大的灰熊一耸肩，摇了一下头，然后向狼獾猛扑过去，但又突然停了下来。原来那只是一个假动作。我体内的肾上腺素快速飙升。

两只野兽谨慎地绕着圈子。灰熊一爪子拍在了

地上，我紧紧盯着它的爪子，它长长的爪子有我的头那么大。狼獾的叫声变得更加愤怒，瑞安紧紧抓住了我的胳膊。狼獾仿佛在宣示主权："这是我的！"

在灰熊面前，狼獾的态度格外强硬，根本不像个头这么小的动物该有的。

狼獾难道没有意识到灰熊比自己大20倍吗？但狼獾毫不退却，它完全不在乎自己和这只巨大的灰熊相比是多么渺小。

又发出了一声尖利的吼叫后，狼獾朝灰熊扑了上去。灰熊因为吃惊而直立了起来，但又很快恢复了平静，摇摆着身体，用爪子攻击疯狂的狼獾的后颈，这让狼獾暂时松了手。

瑞安和我紧紧抱着对方，肩膀紧紧靠在一起。我们看见那只灰熊转了几圈，朝我们刚才走过的峡谷走了几步，然后回头看了看。在那气氛最为紧张的一刻，两只动物都没有任何动作。之后，灰熊大步走开，下山去了。

我大呼一口气，周围一片哈气，难以置信我们亲眼看见了这场战斗。我们只是这座山中微不足道的一分子，这里的一切都不在乎我们是生是死。在这里，雪崩还会不断发生，动物还会为了生存而不断猎杀、战斗，就像我们为了生存而拼命挣扎一样。

狼獾转向了我们，用它精明的眼神打量了我们一番。狼獾会攻击人类吗？

在那短暂的一瞬，我和狼獾对视了一眼。我们都打量着对方，而狼獾的脸上毫无畏惧之色。

我也想像它一样毫无畏惧。

狼獾又把注意力转向了那具动物尸体。对视结束了。

"哇！"瑞安低声道。

"它太美了，"我喘不过气来，"而且野性十足。"

狼獾用后脚直立了起来，身上厚厚的毛耷拉了下来，它抓住了动物尸体的一条腿。我们一动不动，目送狼獾将动物尸体拖走，尸体在雪上滑过时发出了刺耳的声音。在我们的注视下，意志坚定的狼獾把整个动物尸体慢慢地拖进了树林里。之后，四周再无任何声音。

瑞安和我对视了一眼，不知刚才看到的到底是现实还是梦境。

"刚才那一切你都看到了吗？"

瑞安点点头。

"我们现在有足够的素材提供给生物学家了。"我说，"你之前就说想参与这项研究。"

我再次抬头向山顶望去，内心充满信心。如果一只35磅重的狼獾可以直面一只1000磅的灰熊，并且取得胜利，那么我也可以带着瑞安一起上山。
瑞安无法行走和我的膝盖无法支撑这样的小事都不
能阻挡我的步伐。**不论我和这座山比起来多么渺
小，我也绝对不会放弃。**

　　但我该怎么做才能爬上山呢？

第十一章

永不放弃

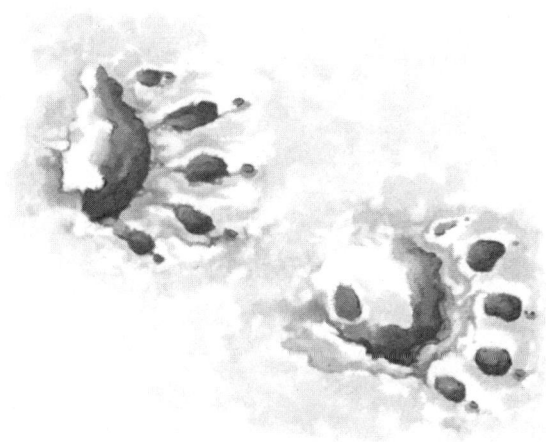

我看了看周围，绞尽脑汁地想要找到办法。在目睹狼獾和灰熊的对决前，我本希望瑞安能够背我上山，但现在望着山顶，我想的是如何背他上山。

"上来，瑞安。"说着，我蹲到了瑞安身边，用后背对着他。过去我们经常背对方，但近年来很少这样做了，因为瑞安变得越来越重，但现在瑞安的体重不是我们最大的敌人。

"在雪地上背我？"瑞安问道，"一直背上山？你确定吗？"

我没有告诉瑞安关于我膝盖受伤的事情。除了背他上山，我们别无他法，我必须这样做。"我当然确定。"我答道。

瑞安伸出双臂抱住我，然后爬上了我的后背，我抓紧他的双腿，他的脚在雪地里晃来晃去。

"一，二，三！"我努力站起来，"啊！"

我整个身体都绷紧了，颈部血管都鼓了起来。我摇摇晃晃地站了起来。我可以的！

我只走了一步，膝盖传来一阵剧痛，然后我们就一起摔倒在雪地里。

我们躺在地上大声呼吸。我到底该怎么办？我需要一个雪橇拉走瑞安。我摸了摸雪鞋上的树枝，我们可以用同样的方法做一个雪橇吗？我摇了摇头。即使现在突然出现一个巨大的装麦片的盒子，并从里面掉出所有制作雪橇必需的原材料，我也不知道该怎么做。

"这也不行。"瑞安哭泣道。

我抱了抱他。"不要这么说，瑞安。想办法帮帮我。"瑞安只是一把推开了我。

我从瑞安的身边滚了出去，懊恼地用手拍了一下地面，突然，我的手套击中了什么坚硬的东西。

我把雪扫开，那是金属警示牌的一角。是高速路的警示牌吗？为什么野外会突然出现警示牌？

我拿出了背包里的铲子，开始挖。我的胳膊还在因为昨天同样的劳作而酸痛不已，但我一刻都不放缓，一个劲儿地挖。终于，我清理掉了足够多的雪，雪下面露出了一个警示牌，它的一部分还固定在一根破柱子上。

"瑞安，这个东西足够你躺下了！"

瑞安好奇地抬起头来。

我想，如果不是那只狼獾突然出现，那么接下来会发生什么呢？如果我们没有在这里停下脚步，我就不会找到这个警示牌。我们必须感谢那只狼獾。

你即将进入雪崩地带

小心 30 度至 45 度的斜坡。

小心坡度、方位、高度方面的细微变化。

远离刮大风的山坡。

小心异常潮湿或异常温暖的环境，以及
长时间的极度寒冷。

小心周围环境中的每一个快速变化。

科尔特县雪崩中心

应对雪崩，你有足够的把握吗？

"当我像拉雪橇一样拉你的时候，你可以抓住
这个牌子的边缘。"我说。

瑞安看了一下警示牌，说："你可以把剩下的绳子一端系在警示牌上，另一端绕在你的腰上。"

我们把绳子紧紧系在警示牌后面那根断了的柱子上。瑞安滚到了警示牌上，他背着背包，用戴着手套的双手抓紧了警示牌的边缘。

"准备出发。"我说。回头看了看身后的瑞安，我们对视了一眼。

"应对雪崩，你有足够的把握吗？"瑞安问道。

虽然身处绝境，但是听到这句话，我还是不禁笑出声来。这种感觉太好了，瑞安终于像是正常的他自己了。他会没事的。

我唯一要做的，就是带我们离开这里。

我面向山顶，身子前倾，感到腰上的绳子越来越紧，然后，我用尽全力向前迈了一步。

膝盖的疼痛让我不住喘息，每一步都深受折

磨，但雪橇始终在向前移动。自从警示牌开始向前滑动后，我就没让它停下来过。不然，再次启动只会更加困难。为了保持惯性，我不能有任何停顿，不能停下一秒钟。

我全身的肌肉都在警告我必须停下，但我穿着狼獾毛茸茸的爪子似的雪鞋一步步向前走去。走一步，抖一下。走一步，抖一下。

汗水顺着我的脸流了下来，腰上的绳子深深勒进了衣服里，身上的汗水全都在此汇聚。**继续前进！不要停下来！不能停下来！**我的整条腿开始抽痛。必须前进！只有这样才能活下来。

我想起了在雪穴里度过的那一夜。我们已经没有蜡烛了，即使回到那里，我们今晚也会冻死的。我们必须走到山上的滑雪道，才能找到人来救我们。

一步。

瑞安迫切需要得到治疗。他难道要因为截肢失去整个脚吗？他的脚会整个发黑，就像我在照片里看过的那样？那些人因为冻伤而整个脚发黑，最后不得不截肢。在滑雪俱乐部里，我们用那些照片来恶心其他人。这段回忆不禁让我更加担心瑞安的脚。

我是想和瑞安不一样，但不是瑞安失去一只脚的这种不一样。现在我改变主意了，我希望我们能一模一样，一样健康而完整。

又一步。

我的膝盖感到一阵刺痛，脚踝也开始变得火辣辣的。必须前进！瑞安仿佛有一千斤那么重，他现在是一头熊，而我则是狼獾，我不能轻言放弃。山脉在我的视野中一摇一晃，我正拖着一只大型动物的尸体跨越雪地，我的双脚就是狼獾的双脚，是毫无畏惧的双脚。

第十一章　永不放弃

又一步。

突然，我绊了一跤，摔在了坚硬的地面上。我的双脚没有陷到雪里。我看了一下四周，在倒下的瞬间，我突然意识到了一件事情。

"滑雪道?"我用低沉而沙哑的声音问道，"我们到了吗?"

"阿什利。"瑞安在喊我。

我抬起头，想要识别我们的位置。我的心脏仿佛已经跳到了耳边，我双臂颤抖着，勉强挺起了胸膛。

"是滑雪道!"我喊道，"救命啊!"我试图大声呼救，但耳边只听得见自己微弱而又沙哑的声音。我的嗓子哑了。

就在此时，我看到一群狼向我们奔来。看来，我们难逃被野兽撕碎的命运。

瑞安抬起了手。"救命啊!"他喊道。

我想要起身逃跑,但我的双腿动不了了,我已经无法指挥它们了,一步也迈不动了。我耗尽了全部精力和体力才来到山顶的滑雪道。我绝望地用胳膊挡住我的头。

狼冲到了我们身前。一双手抓住了我。手?

"你们是从哪里来的?"有人问道,"嘿,这应该就是失踪的那两个孩子!"

"你们还好吗?"另一个离我们更近的声音问道,"大家都在找你们呢!"

我疑惑地看了一眼四周。因为精疲力竭,我已经有些意识不清了。我是在做梦吗?狼在我身边排成了一排,有的开始在地上打滚。它们都张着嘴,伸着舌头。

"雪橇狗。"瑞安说。他哭了起来,我也跟着哭了。

我们得救了。我们找到了滑雪道。这是真的，不是梦。我们能再次见到爸爸妈妈了。

我们周围的人越来越多，他们看上去很吃惊，同时也很担忧。雪橇狗一边喘气，一边露出真诚的笑容。有人用毯子裹住了我。

"我哥哥需要你们的帮助。"我说道。

第十二章

两个月后

第十二章　两个月后

两个月后，家中。

"我从未见过这样的坚毅和决心。"记者盯着我说，他震惊地摇了摇头，"大多数人是无法坚持爬上山的。"

我看了一眼爸爸，发现他也在看我，露出了和记者一样的表情。

"你的膝盖现在怎么样了?"记者问道。

我揉了一下膝盖，耸了耸肩，说:"我还在进行半月板撕裂的物理治疗，但到明年这个时候，我应该又可以滑雪了。"我已经猜到记者的下一个问题是什么了。

"瑞安的脚怎么样了?"记者问道，"他的脚还好吗? 他头部的伤怎么样了?"

"我们还在等待医生对如何处理他右脚的小脚趾做出决定。"我解释道，"他的身体组织能否再生和愈合还有待观察。"

医生把身体从伤病中康复的能力称为"恢复力"。就像瑞安的脑震荡，他的记忆还有一些是空白的，但只要他不会再次伤到自己的头部，应该没有大碍。他的大脑没有受到永久性伤害。

"几周后我们才能知道是否需要截掉他的小脚趾。"我的声音有些哽咽。

瑞安已经痛苦了好几周了。他的脚一直肿着，脚上还有许多流脓的大水泡。我是在他睡着时偷偷去看的。白天他躺在床上休养时，我尽量去做些其他事情。我还没有做好跟他说话的准备，我担心他会责怪我没有照顾好他，但再次回忆之前的经历让我想起，是我救了瑞安的命，是我拖着他直到山顶。

爸爸来到我身旁，把手放在我肩上，说："我们之前就跟你说过，阿什利。即使他失去脚趾也不是你的错，他能够回来完全是因为你，因为你永不放弃的精神。"爸爸的眼中闪烁着光芒。

记者清了一下喉咙，关掉了录音。"韧性是人生取得成功的最关键因素。"他开始收拾自己的东西。

"而我的女儿毫无疑问是最有韧性的人。"爸爸说。

"你肯定很为她感到自豪。"记者说。

爸爸一把把我搂在怀里。"非常自豪。"爸爸说。

我思考了一下他们刚刚说的话：韧性和自豪。我虽然从未在科学展览上获过奖，也不是滑雪队技术最好的成员，但我韧性十足，而我的爸爸也以我为荣。

瑞安拄着拐杖，一瘸一拐地走进厨房。从他的表情可以看出，他一直在听我们的对话。通常我都能感觉到瑞安的靠近，但这一次我居然没有注意到。

　　"我的妹妹拥有一颗狼獾的心。"他自豪地宣称。

　　我抬起头，内心感到如释重负。我们相互看了一眼，然后都露出了微笑。

　　"她身上的气味也跟狼獾挺像的。"

　　我跳了起来，给了他一拳。

作者的话

随着野外旅行安全系数的提高和科技的进步，更多人开始进入野外探险，SPOT（地球观测系统）卫星、个人定位装置等产品让人们即使身在野外也倍感安全。但随着野外探险人数的增加，也有越来越多的人因为雪崩而遭遇不测。

据科罗拉多州雪崩信息中心统计，在过去的10年中，美国平均每个冬天有27人因为雪崩而丧生。

在我为本书进行调研的过程中，我也听到了很多人向我讲述他们在遭遇雪崩后死里逃生的故事。其中，有一个故事让我倍受激励：两个朋友被卷入了雪崩之中，其中一人还因为头部受伤而失去了记忆。或许我是因为个人经历才对这个故事记忆犹新，多年之前，我的哥哥因为遭遇了车祸而头部严重受伤。

虽然我创作的故事基于真实事件，但其中部分细节是虚构的，包括主角的名字和几个背景设置。

一直以来，我真正的兴趣都是探索人类精神的本质。在这个故事中，阿什利表现出了坚韧不拔的品质，这是野外求生中最重要的品质之一，这种品质能够让人克服一切困难。要想在野外获得生存，首先要有正确的态度。在这方面，我认为最好的榜样就是狼獾，我们虽然对它们的了解才刚刚开始，但狼獾是性格最坚韧的动物之一，似乎是大家公认的。

如同故事中的一个关键情节所展示的那样，狼獾有时能击退灰熊，并从雪崩底部坚硬如水泥的雪中挖出动物遗骸。在大提顿国家公园，科研人员圈出了一片领域来更好地研究狼獾，以便能够对它们在加拿大以南地区的行为、活动区域和栖息地有更多了解。

那么，应对雪崩，你该怎么做呢？

美国国家雪崩中心等机构给你的
雪崩和野外安全提示

* * *

以下信息由美国国家雪崩中心、美国森林 管理局和国家公园管理局等机构提供

* * *

要有责任意识：

你的安全和周围其他人的安全是你最主要的责任。选择穿戴什么、去什么地方、携带什么工具和物品，以及自己的每个行为都十分重要。

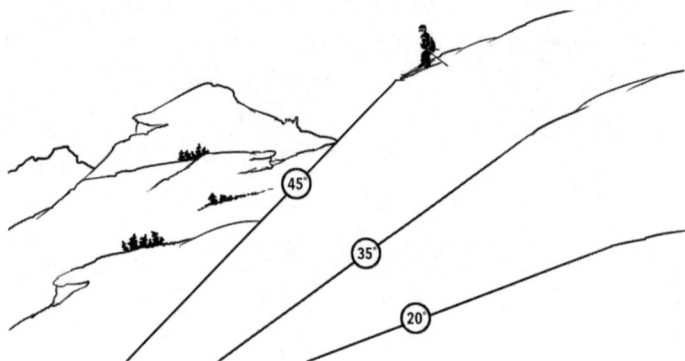

提前学习关于雪崩的知识：

接受经过认证的有关雪崩的课程。了解雪崩发生的前提，主要有以下三个方面：

· 坡度

一般坡度超过 35 度就有发生雪崩的可能性。

· 积雪

有近期发生过雪崩的痕迹，雪地里有裂缝，听到雪地塌陷的声音，都意味着可能会发生雪崩。

· 引发因素

很多时候雪崩一触即发，常见的引发因素包括：人们的行动、新下的雪或者大风。

雪崩一般分为两种：

板状雪崩   点状释放雪崩

板状雪崩

当大块的雪凝结成板状以较宽的面积落下时，即板状雪崩。

点状释放雪崩

当表面松散的雪从某一点爆发，并在下落的过程中四散开来，形成散雪时，即点状释放雪崩。

小心谨慎：

　　明确你所在的野外探险地的雪崩危险等级和可能的引发因素，留心周围发生的每一个细小的变化，那可能是雪崩来临的预兆。

准备充足：

　　在以下工具中，确保你自己和团队里的每一个人至少随身携带了其中的三个安全工具并了解它们的使用方法：

　　无线电收发器 它能帮助你了解地面情况，避开危险。如果遭遇雪崩，你可以用它向外界报告你的具体位置。

　　雪崩探测针 可折叠的雪崩探测针展开可比滑雪杆更长，它是帮助你找到埋在雪里的伙伴的最佳工具。

铲子 团队中的每个人都应该携带铲子。铲子可以用来解救被雪埋住的人，了解积雪的状况，铲平一块空地搭建帐篷或打碎积雪将其融化以获得饮用水。

背包 背包里应该携带各种工具、食物、水、干燥衣物、急救包和其他必需品。

伙伴 如果你独自一人去野外冒险，上述工具都帮不了你。确保至少有一个伙伴和你同行。

小心熊出没：

身处野外就意味着可能会遇到野生动物，很多人一生都不会在野外遇到熊，但一旦遇到，你需要知道怎么保护自己和其他伙伴。

熊很少会主动攻击人。大多数熊只想保护它们的食物、孩子和领地，但知道如何面对熊能够让你做出正确的反应。遇到熊时，一个有助于保护自己和他人的方法是立刻联系公园巡逻人员，详细报告你的处境。当然，你最好学会避开熊，遵守公园的规则！远离熊，不要惊扰到它们，尊重它们和所有野生动物的领地。大多数熊也不想遇见人，它们如果提前听到人的声音，会主动选择避开。在出行前，先弄清楚当地是否有熊出没，学会识别熊可能在此寻找食物的那些地方，如有浆果类灌木的地方。

记住，最有效的方法永远是远离熊！但如果遇到熊，那么你应该遵循下列建议：

· 不要逃跑。

· 保持冷静。

· 自我介绍。如果你平静地对熊说话，熊会认出你是人类，不是猎物。

· 和团队一起行动。尽量让你的团队看起来十分壮大，毕竟人多势众。

· 不要让熊碰你的食物，不要扔下你的背包。

·如果熊没有动，那么你可以缓慢地向左或向右移动，这样你可以盯紧熊的一举一动并减少摔倒的可能性，而且左右移动不会让熊感觉受到威胁。

·离开现场或者绕行。如果你做不到这一点，那么最好等熊离开。前提是，确保给熊留出了一条离开的路。

·看到母熊带着小熊时要格外谨慎。千万别让自己身处母熊和小熊之间，也不要接近它们。如果母熊感到你对小熊造成了威胁，它主动出击的可能性会急剧上升。

·携带并学会使用喷熊剂。喷熊剂可以帮你对付冲过来的熊。

记住：你要对自己和周围人的安全负责。

2m

1.5m

1m

0.5m

致谢

在我为本书进行调研期间，我通过许多渠道收集到了包括书籍、报道、笔录等在内的各种信息。另外，我还从以下专业人士那里获得了专业的建议，在此，我希望向他们表达我最诚挚的谢意：乔恩·斯蒂芬斯，怀俄明州渔猎部的狩猎监督官；布鲁斯·汤姆林森，已退休的安大略省自

然资源和林业部的保护官。

阿什利看到的雪崩警示牌上的字样，是受怀特菲什山地度假村冰川地区雪崩中心的启发。

感谢为我提供批评意见和建议的合作伙伴马西娅·韦尔斯和埃米·费尔纳·多米尼，是你们给了我反馈和鼓励。

同时致谢雅姬·怀特、克里斯·怀特和史蒂文·怀特，是你们替我阅读稿件并像专业人士一样为我提供建议。

我个人为本书的任何谬误负责。

AVALANCHE! by Terry Lynn Johnson
Copyright © 2018 by Houghton Mifflin Harcourt
Illustrations copyright © 2018 by Houghton Mifflin Harcourt
Published by arrangement with Houghton Mifflin Harcourt Publishing Company
through Bardon-Chinese Media Agency
Simplified Chinese translation copyright © 2020 by China South Booky Culture Media Co., Ltd.
ALL RIGHTS RESERVED

著作权合同登记号：图字18-2020-007

图书在版编目（CIP）数据

绝地求生. 夺命雪崩 /（加）特里·约翰逊著；王
旸译. --长沙：湖南文艺出版社，2020.8
　　书名原文：Survivor Diaries Avalanche!
　　ISBN 978-7-5404-9676-0

　　Ⅰ. ①绝… Ⅱ. ①特… ②王… Ⅲ. ①儿童小说－中
篇小说－加拿大－现代 Ⅳ. ①I711.84

中国版本图书馆CIP数据核字（2020）第082593号

上架建议：儿童文学

JUEDI QIUSHENG·DUOMING XUEBENG
绝地求生·夺命雪崩

作　　者：[加]特里·约翰逊
译　　者：王　旸
出 版 人：曾赛丰
责任编辑：丁丽丹
策划编辑：何　淼
特约编辑：张丽霞
营销支持：付　佳
版权支持：辛　艳　张雪珂
封面设计：潘雪琴
版式设计：马俊嬴
版式排版：金锋工作室
出　　版：湖南文艺出版社
　　　　　（长沙市雨花区东二环一段508号　邮编：410014）
网　　址：www.hnwy.net
印　　刷：嘉业印刷（天津）有限公司
经　　销：新华书店
开　　本：860 mm×1200 mm　1/32
字　　数：45千字
印　　张：4.5
版　　次：2020年8月第1版
印　　次：2020年8月第1次印刷
书　　号：ISBN 978-7-5404-9676-0
定　　价：19.90元

若有质量问题，请致电质量监督电话：010-59096394
团购电话：010-59320018